UNE

VOIX D'OUTRE-MER,

POÉSIES INTIMES,

PAR

EUGÈNE SAINT-ALARY,

Lieutenant au 1er Dragons.

Nevers,

IMPRIMERIE DE J. PINET.

M DCCC XLI.

POÉSIES INTIMES.

UNE

VOIX D'OUTRE-MER,

POÉSIES INTIMES,

PAR

EUGÈNE SAINT-ALARY,

Lieutenant au 1er Dragons.

Nevers,
IMPRIMERIE DE J. PINET.

M DCCC XLI.

Ce livre est mon premier et sera sans doute, mon dernier ouvrage. J'étais loin de penser, il y a trois mois à peine, que je le livrerais un jour à la publicité; mais quelques personnes indulgentes m'ont encouragé d'une manière assez flatteuse pour m'y décider..... à tort ou à raison : c'est ce dont le lecteur sera juge.

Si mes pauvres vers tombent entre les mains d'un de ces hommes qui n'ont pas eu, pour ainsi dire, de jeunesse, ou qui ne se souviennent pas de ce qu'ils ont éprouvé alors qu'ils avaient vingt et vingt-cinq ans, il me traitera probablement de fou, de visionnaire; et pourtant je n'ai cherché à dépeindre que ce que j'ai senti : d'abord, l'amour du jeune homme pour toute femme jolie dont le regard s'arrête sur le sien; cet amour dont les joies, les déceptions et les douleurs remplissent les plus folles pages du roman de la vie. — Puis l'amour légitime et chaste; cet amour calme et pur qui ressemble à un ruisseau paisible et limpide, comme le premier ressemble à un torrent fougueux, roulant de l'or pêle-mêle avec de la fange.

Puissé-je, seulement, ne pas être forcé un jour de mettre encore au nombre de mes déceptions mes derniers rêves de bonheur !

E. S.

Nevers, mars 1851

A ma Soeur

Caroline de Richebois.

A toi, ma chère et bonne sœur,
Ange de beauté, de douceur,
A toi ces vers, enfants de ma folle pensée.

Depuis qu'un sort cruel a pu nous désunir,
J'ai toujours eu doux souvenir
De ma paisible enfance auprès de toi passée.

Et maintenant encor, quand un sombre danger
S'arrête quelque temps sur mon front qu'il menace,
Puis disparaît soudain sans laisser nulle trace,
Comme un orage passager,
Je me dis : — C'est ma sœur dont la tendre prière,
Veillant incessamment sur les jours de son frère,
Vient encor de les protéger.
Et quand ma jeunesse frivole,
Inquiète de voir son beau temps qui s'envole,
Essaye un instant de prier
Celui qui nous soutient dès qu'il nous voit plier,
C'est pour lui demander qu'en sa bonté suprême
Il lui plaise bientôt d'unir à mon destin
Toi, ma sœur, que retient un rivage lointain,
Et la jeune fille que j'aime.

Nevers, Janvier 1841.

A une jeune Créole.

Le printemps est long à renaître ;
Car le froid encor nous pénètre,
Et j'entends contre ma fenêtre
La grêle aux bonds retentissants.
Quittez un instant votre ouvrage,
Et, tandis que gronde l'orage,
Prêtez l'oreille à mes accents.

Si ma voix, que le vent emporte,
Était plus sonore et plus forte,
Votre nom, qu'en mon cœur je porte
Comme un gracieux souvenir,
Votre nom chanté par ma lyre,
Irait s'apprendre et se redire
Loin dans les siècles à venir.

Car le ciel, charmante créole,
Vous choisissant pour son idole,
Mit une brillante auréole
Sur votre front aux noirs cheveux;
Car, chez vous, l'esprit et la grâce
Ont, naturellement, leur place
Sur votre bouche et dans vos yeux.

Quand j'entre à peine dans la lice,
Si je vois que l'ennui se glisse
Sur votre lèvre qui se plisse
Par un sourire de mépris,
Lors, je perdrai force et courage....
Mais qu'un mot de vous m'encourage,
Et j'oserai tenter le prix.

2 mars 1841.

Guadeloupe. — France.

1810. — 1830.

Mon ame, de tout temps, aima la solitude :
De tout temps elle aima la vague inquiétude
Qu'inspire à nos esprits la sauvage âpreté
D'une nature où tout est force et majesté.
J'étais bien jeune encore, à cet âge novice
Où l'enfant ne connaît, ne suit que son caprice,
Et, cependant déjà, cherchant l'horreur des mers,
Je m'avançais, souvent, si près des bords amers,

Que je me retirais tout inondé d'écume.
J'aimais à voir le flot, sur le rocher qui fume,
Courir — de tout son poids tomber — et se broyer,
Et sur le tourbillon le sable tournoyer.
Je suivais du regard la légère mouette
Se balançant sur l'eau que sa grande aile fouette;
Je promenais mes yeux sur l'immense Océan,
Et j'écoutais, pensif, la voix de l'ouragan.

Quand donc pourrai-je enfin retourner dans mon île?
Le ciel en est si beau, — la terre si fertile!

Quelquefois, vers le soir, dans les brûlants déserts,
La caravane voit, suspendus dans les airs,
Des bosquets promettant d'hospitaliers ombrages;....
Des bosquets qui ne sont de près que des nuages: —
Ainsi, lorsque je cherche à me ressouvenir
Des lieux où je ne dois jamais plus revenir....
Ainsi s'offre de loin mon île fugitive.

Depuis que, par le sort, jeté sur cette rive,
J'ai quitté mon pays pour la France et son ciel,
Je me fais un plaisir, peut-être bien cruel,

De rechercher les lieux qui, par leur ressemblance,
Peuvent me reporter aux lieux où mon enfance
Jouait et grandissait en toute liberté,
S'affranchissant du joug de la société.

Un jour que j'errais seul, au déclin de l'automne,
Dans le bois de Fleury, qu'un jaune monotone
Couvrait déjà partout, au lieu de ce beau vert
Qui passe, chaque année, au retour de l'hiver....
Je broyais sous mes pieds la feuille desséchée
Par le froid aquilon de l'arbre détachée;
Je n'entendais, parfois, que le cri d'un oiseau
Qui se plaignait au vent du froid encor nouveau. —
J'aimais à contempler cette nature morte,
Et cependant toujours originale et forte....
Cette teinte de deuil finit par rembrunir
Mes esprits, — et me fit penser et souvenir :

Une île, regardant l'une et l'autre Amérique,
Que, petite, en ses flots, resserre l'Atlantique,
Et que l'ardent Cancer brûle de tous ses feux....
Une île est le pays où s'ouvrirent mes yeux,
Où, par mes premiers cris, commença ma souffrance
Jeté, presque mourant, aux bords de l'existence,

Faible, je languissais, — et mon fatal berceau
Allait, en même temps, devenir mon tombeau,
Quand je ne sais quel bon ou quel mauvais génie
Ranima, par pitié, mon ame à l'agonie.

Je naquis dans ces jours de gloire et de succès,
Où l'Europe tremblait au bruit du pas français,
Où l'aigle, déployant ses ailes colossales,
Sous leur ombre tenait cent nations vassales.
Tandis que dans le Nord tonnait Napoléon;
Tandis que, sans repos, sous les coups du canon,
Le globe ressentait de terribles secousses... —
Souriant à ma mère, à ses leçons si douces,
J'ignorais, faible enfant, que sur des bords lointains
S'agitassent alors d'incroyables destins.

Oh! que la mort est donc et bizarre et cruelle!
Si, parmi les monceaux d'êtres qu'elle amoncèle,
Notre œil ne rencontrait du moins que des vieillards!
Si, portant sur eux seuls ses avides regards,
Elle suivait toujours le cours de la nature,
Attendant que le corps tombât en pourriture,
Pour balayer après sa poussière au tombeau!...
Mais elle attaque aussi tout ce qu'on voit de beau,

Et nous traîne à la tombe encore pleins de force :
Elle abat l'arbrisseau malgré sa jeune écorce,
Et respecte le chêne aussi vieux que le temps.
La jeune fille meurt après quelques printemps :
Tout à coup, elle échappe à sa mère éplorée,
Et tombe, souriante et pour le bal parée.
Tour à tour, les saisons succèdent aux saisons :
Les blés aux fleurs — et puis les raisins aux moissons ;
Tandis que, parvenus à l'hiver de la vie
Et pleurant leur jeunesse, hélas ! trop tôt ravie,
Les petits et les grands, vains jouets du trépas,
Vers un destin commun s'avancent à grands pas....
Et puis tombent — chacun de distance en distance.

Vous, qu'on vit s'arrêter au seuil de l'existence,
Qu'êtes-vous devenus, ô mon frère, ô mes sœurs ?

Des baisers maternels tu connus les douceurs,
A peine, cher Auguste, — et, d'une main pressée,
Le destin referma ta paupière glacée.

Pauvre Eugénie ! ô toi, qu'hélas ! je ne vis pas,
Le chemin te fut court de la vie au trépas !

Et toi, comme une fleur, parfum de la savane,
Qu'un vent trop fort enlève à la verte liane,
Cora, tu ne pus voir l'aurore de retour!

A peine si tous trois, vous parûtes un jour,
Que, non contente encor d'avoir, en ses abîmes,
Englouti, dévoré, de si tendres victimes,
L'impitoyable mort, toujours planant sur nous[1],
S'excitait à porter de plus funestes coups.

D'un mal lent et mortel redoutant la souffrance,
Notre père partit, fit voile pour la France....
Mais l'air de France était empoisonné pour lui,
Et le ciel nous ravit notre aide et notre appui.

Pour moi, presqu'au berceau, privé d'un tendre père,
Je fus soustrait plus tard aux baisers de ma mère....
Pauvre enfant, arraché des bords américains,
Je partis pour l'exil en des pays lointains,
Et, quittant les beaux lieux témoins de mon enfance,
Je voguai, tout pleurant, aux rives de la France.

Lorsque la mer se tait, — lorsque le ciel est pur,
Et que mille clartés éclairent son azur,

Quel spectacle plus beau que de voir, de la dune,
Un navire, dormant aux rayons de la lune!
Le flot scintille au bas et jette dans les airs
Du flux phosphorescent les rapides éclairs.
On voit se dessiner dans l'ombre les cordages,
Et lui, tranquille et fier, à l'abri des orages,
Comme un oiseau des mers sous son aile endormi,
Il est là, vaste et noir, sous son ancre affermi.

Enfin, chassant la nuit vers l'onde occidentale,
L'aurore a coloré la rive orientale.
Je m'avance. — Une barque en son sein me reçoit....
Le rivage s'enfuit. — Tant qu'elle m'aperçoit,
Ma mère me rappelle, et, seule et désolée,
Tend vers moi ses deux bras de la rive isolée....
Je lui tendais les miens, je la suivais des yeux,
Et, de loin, à grands cris lui faisais mes adieux :

Adieu, rocher natal! — Adieu brûlant rivage,
Sur lequel je courais libre et presque sauvage,
Mes blonds cheveux au vent! — Et toi, ciel toujours bleu,
Beau ciel de mon pays, je vais partir — adieu!
Adieu, fruits suspendus aux flexibles lianes!
Fleurs, si belles à voir dans les vertes savanes!

Adieu, bois couronnés d'un feuillage éternel !
Et toi, qui me berças sur ton sein maternel,
Qui vis mes premiers pas, — reçus avec délire,
Et mon premier baiser et mon premier sourire; —
Je te quitte, ô ma mère! et vais, loin de tes bras,
Sur un sol étranger tenter de nouveaux pas!

La brise du matin, rase, faible et volage,
La vague que le port voit mourir sur la plage,
Les chaloupes alors, pour suppléer au vent,
Remorquent le navire et rament par devant.
Tel qu'un aigle pesant, qui, long-temps se balance,
Avant qu'aux champs de l'air librement il s'élance;
Tel, long-temps immobile et long-temps balancé,
Est le navire, avant qu'il se soit élancé.
Mais le vent fait gonfler la voile qu'il secoue :
Le colosse s'ébranle; — il incline la proue,
Lentement la relève, et, — l'inclinant encor,
Brise l'onde écumante ... — Il a pris son essor.

Je partis, — et la mer immense, mugissante,
Déploya devant moi sa beauté menaçante.
L'homme frémit et rentre en son humilité,
Voyant autour de lui mugir l'immensité

Des flots contre les flots, des vagues sur les vagues. —
Pour moi, je promenais des regards froids et vagues
Sur ces plaines sans fin; — et les flots orageux
Ne parlaient assez haut encore qu'à mes yeux.
Je ne voyais alors que des eaux, des abîmes,
Des lames dans les airs faisant monter leurs cimes,
Et je ne voyais pas une puissante main
Qui soulève les mers ou les calme soudain;
Un dieu qui fait partir l'aquilon — ou l'arrête,
Qui brille dans l'éclair, gronde dans la tempête:
Et de tant de beautés ignorant spectateur,
J'admirais son ouvrage et non le Créateur.
Quelquefois, vers le soir, quand le flambeau du monde
Penché sur l'horizon allait s'éteindre en l'onde,
Tandis que le vaisseau suivait l'effort du vent,
Appuyé sur le bord, je fixais en rêvant
La vague qui venait passer devant ma vue....
Et la vague passait, — passait inaperçue; —
Je regardais sans voir. — Des lieux bien différents
Occupaient mes esprits loin de ces mers errants.
Mais, enfant que j'étais, ces chagrines pensées
Disparaissaient bientôt par un rien effacées:
Le poisson imprudent, qu'armé de son harpon,
L'agile matelot guettait du haut du pont,
Et que, d'un coup, soudain, il arrêtait sous l'onde, —
Le vorace requin, — la tête noire et ronde,
Et l'œil étincelant de l'horrible marsouin

Qui rodait près de nous, attiré par la faim, —
Tout en me faisant peur, m'amusaient plus encore.
J'aimais, suivant leurs bonds, au lever de l'aurore,
A voir étinceler leurs nageoires d'argent,
Sous un rayon de feu dans l'eau se prolongeant.

Enfin, au fond des mers, on a plongé la sonde;
La France, après deux mois, nous apparaît sur l'onde,
Et le Hâvre bientôt nous reçoit dans son port.
L'ancre tombe. — Echappés aux chances de la mort,
Les matelots joyeux s'élancent sur la plage....
Et de la France enfin je touche le rivage. —

Là, me voyant tout seul, je me mis à pleurer;

Mais bientôt je ne pus davantage ignorer
Les bienfaits des parents dont la tendresse extrême
Désirait mon bonheur, en dépit de moi-même.
Bientôt de mon esprit s'agrandit l'horizon.
Bientôt à mes regards vint briller la raison;
Et, me sentant renaître à sa douce influence,
Je secouai de moi ma profonde ignorance.

L'histoire, sous mes yeux déroulant le passé,
Me montra des héros l'exemple tout tracé.

Poëtes, écrivains, héros de tous les âges,
De l'envie et du temps vous bravez les outrages,
Et vos noms immortels, portés en tous les lieux,
Ne finiront qu'avec le monde alors bien vieux. —
Pour moi, je n'irai pas au temple de mémoire!
Pour moi, je passerai sans titres à la gloire!
Je mourrai tout entier comme un guerrier vaincu,
Et l'on ne saura pas si même j'ai vécu!
Pourtant je ne sais quoi dans mon ame fermente...
Je ne sais quel démon m'obsède et me tourmente;
Mais je souffre parfois à maudire le jour
Qui me jeta, pleurant, dans ce triste séjour!
Qui donc apaisera le mal qui me dévore?
Qui donc me donnera le repos que j'implore?
J'ai voulu tout connaître, — et, jamais satisfait,
Je n'ai, partout, goûté qu'un bonheur imparfait!
Oh! qui donc, à la fin, calmera la tempête
Qui gronde dans mon sein, bouillonne dans ma tête?
La gloire? Non, jamais! — L'amour? Mais dans mon cœur
L'amour ne fut-il pas un sentiment trompeur?
Du téméraire Icare, osant suivre les traces,
J'ai voulu, comme lui, franchissant les espaces,

M'élancer loin d'ici d'un vol audacieux,
Et pénétrer enfin dans les secrets des cieux...
Mais je suis retombé lourdement sur la terre,
Sans avoir entrevu le plus faible mystère.
Si du moins une femme, avec mon souvenir,
Quelquefois sur ma tombe aimait à revenir...
Si la gloire, du moins, m'entourant de prestiges,
Laissait, après ma mort, de moi quelques vestiges: —
Mais mourir dans un coin, privé de mes parents,
Loin desquels le hasard conduit mes pas errants,
Tel sera mon destin, sans doute; — car j'ignore
Si quelque vent mauvais doit m'agiter encore,
Et je ne sais le lieu que le ciel choisira
Pour terme à mon voyage, alors qu'il finira.

Deux sœurs, — toutes les deux au matin de la vie, —
Me restaient; — la plus jeune à mon amour ravie,
Loin, bien loin de son frère, hélas! qui l'aimait tant,
Comme pour s'endormir du sommeil d'un enfant,
Vient, pour ne plus l'ouvrir, de fermer sa paupière.
O mort, cruelle mort! écoute ma prière!
— Car je crains que sur nous poursuivant tes arrêts,
Tu ne portes aux miens d'autres coups déjà prêts. —

Je n'ai plus qu'une sœur... ô mort! grâce pour elle!
Ne frappe que moi seul, tu seras moins cruelle!
Je ne tiens à personne, et suis sans lendemain;
Nul ne me survivra pour maudire ta main.

Depuis, j'aime des nuits et l'ombre et le silence;
J'aime quand bat la pluie et que le vent s'élance;
J'aime l'astre qui luit comme une lampe d'or,
Et, quand revient le soir, le son lointain du cor.
J'aime à sentir, pendant que mugit la tempête,
Le vent éparpiller mes cheveux sur ma tête,
Et je voudrais encor voir comme l'ouragan
Soulève et fait bondir les eaux de l'Océan.
Mon ame, en ces horreurs, pensive et solitaire,
Pour comprendre la scène abandonne la terre;
Car c'est alors surtout que, sentant son néant,
L'homme qui s'était cru jusqu'alors un géant,
Sent en lui se glisser une terreur secrète,
Et frémit en voyant la vague dont la crète
Se roule en mugissant et déferle à grand bruit: —
C'est qu'alors il se voit tel qu'il est: bien petit!

C'est ainsi que mon ame avec ses insomnies,
Cherchait et préférait des teintes rembrunies.

Le jour, je semblais calme et retenais mes pleurs.
Le silence des nuits réveillait mes douleurs.
Car, tout naguère encor, mes nuits étaient bien lentes,
Et le sommeil fuyait mes paupières brûlantes :
Je l'appelais en vain ; — le fugitif repos
Ne venait qu'au matin me verser ses pavots.
Je pense, aujourd'hui, moins à mon lointain rivage,
Mon ame est plus joyeuse et mon cœur moins sauvage ;
Mais long-temps je criai : —Quand donc viendra le jour
Où, faisant retentir le salut du retour,
Je toucherai ce sol d'où, pendant tant d'années,
J'exilai malgré moi mes jeunes destinées!

Chère île, ô ma patrie! où sont tes bords si chers?
Toi, que le Tout-Puissant mit si loin dans les mers,
Qu'il jeta de sa main au séjour des orages ;
Chère île, ô ma patrie! où sont tes doux rivages?
Car je t'aime, je t'aime — et même en tes horreurs!
Quand d'un ciel orageux les torrents destructeurs
Tombent avec fracas et submergent la terre ;
Quand, joignant tous leurs feux avec ceux du tonnerre
Tes monts ouvrent soudain leur cratère brûlant
Et font craquer au loin le terrain chancelant ;
Quand tes flots ébranlés dans leur profonde masse,
T'environnent d'écume et que l'Océan passe

Au-dessus de tes bords où viennent se broyer
Les vaisseaux que l'on voit sur l'onde tournoyer.

Mais je n'aime pas moins ma seconde patrie,
La France, où je reçus une nouvelle vie !
Où mes yeux étonnés s'ouvrirent de nouveau
A la douce clarté du céleste flambeau
Qu'à mes jeunes regards présenta la science ;
Flambeau devant lequel a fui mon ignorance,
De même que la nuit s'enfuit devant le jour,
Aux premières clartés du soleil de retour...

Pays aimé des cieux, des arts et de la gloire,
Tes bienfaits resteront toujours dans ma mémoire !

Quand j'entendis partir ton cri de liberté,
Mon cœur battit soudain de joie et de fierté...
Et moi, l'un des premiers, déchirant la cartouche,
Le front tout ruisselant de sueur, — et la bouche
Noire de poudre, — avec orgueil et sans remord,
Je rendis feu pour feu, sang pour sang, mort pour mort !
Enfin, abandonnant l'étude routinière,

Et préférant aux arts la sanglante bannière,
Je me suis fait soldat, — joyeux de l'affronter
Si jamais l'ennemi voulait nous insulter.

Octobre 1830.

DIX ANS PLUS TARD.

Mil huit cent trente a vu la fureur populaire
Briser de Charles dix le trône séculaire ;
Qu'en est-il résulté pour le peuple ? — le pain
Est-il moins cher? — ou bien, le pauvre a-t-il moins faim ?
La France se crut libre et se crut affranchie
Pour avoir vu surgir une autre monarchie
Et flotter sous son ciel de nouvelles couleurs. .
Moi, je le crus aussi dans mes jeunes erreurs...
Dérision !... La France, à qui, pour sa ceinture
Je donrais ces remparts formés par la nature :
Les Alpes et le Rhin perdus par nos revers,
Et les monts de l'Espagne et les flots des deux mers. —
La France est avilie et saigne par l'émeute.
De bavards éhontés toute une ardente meute
Se rue à belles dents sur elle — et, sans pudeur,
Emporte les lambeaux de son antique honneur.

O France ! qu'as-tu fait de ta puissante épée ?
En vain, par l'étranger au visage frappée,
Tu voudrais, relevant enfin ton noble front,
De Waterloo vaincu venger le long affront...
Il faut, pliant la tête en un lâche silence,
De l'Anglais et du Russe accepter l'insolence !
Quand je viens à penser qu'officiers et soldats,
Nos sabres aux fourreaux, nous nous croisons les bras,
Tandis qu'à l'horizon Beyrouth est là qui fume...
Ma main tremble de rage et je brise ma plume !!!.

Octobre 1840.

Déceptions.

O mon Dieu ! quels sont donc ces désirs insensés
Qui se heurtent sans cesse en ma tête pressés ?
Depuis bientôt trente ans, errant dans la nuit sombre,
Je cherche le repos qui me fuit comme une ombre ! —
Mais ce repos qu'en vain je demande ici-bas,
Pour nous, — pauvres mortels, — n'existerait-il pas ?
Nous rêvons un bonheur qui n'est pas de ce monde,
Et tel l'a poursuivi sur la terre et sur l'onde,

Qui, près de son foyer, l'eût trouvé sous sa main.
Moi, — je me suis assis au milieu du chemin,
Morne, découragé, — craignant, si je me lève,
De m'égarer encor loin du but que je rêve.
Que de fois, ô mon Dieu ! j'ai prononcé ton nom
Dans mes jours de détresse et de tentation !
Mais en vain j'ai crié! toujours, sur cette terre,
J'ai vécu, jusqu'ici, plaintif et solitaire,
Et je ne sais encor, si jamais, sous ma main,
Une fleur s'offrira sur le bord du chemin.
Bien des heures, des jours, des mois et des années,
M'ont vu, jetant aux vents mes jeunes destinées,
Dépenser le présent sans fruit pour l'avenir ; —
Et le temps marche, marche, — et la mort va venir !
Des rêves dont souvent, dans sa fougue insensée,
Ma jeunesse s'était avec espoir bercée,
Que me reste-t-il? rien ! — et quand le cœur est mort,
Le corps ne doit-il pas avoir le même sort ?
Que sert d'entretenir une lampe inutile ?
A quoi bon s'obstiner sur un sol infertile
Qui refuse toujours et les fruits et les fleurs?
Que la mort vienne donc : — c'est la fin des douleurs !
Dégoûté de la vie, ennuyé de ce monde.
Où tout n'est qu'égoïsme et qu'avarice immonde,
Je rentrerai sans peur, regret et repentir,
Au néant, d'où jamais je n'aurais dû sortir...
Néant ! — Éternité ! — Lequel des deux ? — Qu'importe ?

Celui qui tient les clés de la céleste porte
Me refusera-t-il ce repos éternel
Qui me fuit sur la terre et que j'espère au ciel ?
Si les prêtres ont fait, par calcul ou démence,
D'un père tout d'amour, d'un Dieu plein de clémence,
Un despote barbare, un maître rigoureux,
Irascible, cruel, jaloux, capricieux,
Et brisant sans pitié sa faible créature...
Faut-il, ajoutant foi, prêtre ! à ton imposture,
Calomnier ce Dieu dont je vois les bienfaits,
Et que nul, ici-bas, ne comprendra jamais !
Vous êtes, ô mortels ! bien orgueilleux de croire
Que Dieu vous admettra dans sa céleste gloire,
Ou vous fera sentir un éternel courroux !
A tous les animaux ; atômes comme nous,
Il partagea les biens et les maux de la vie. —
Et l'homme n'est-il pas le moins digne d'envie,
Lui, qui sent sa misère et trouve, à chaque pas,
Des peines qui lui font désirer le trépas ?

Illusions d'amour, ô douces rêveries !
Qui m'emportaient souvent au pays des féeries ;
O mes beaux rêves d'or ! qu'êtes-vous devenus ?
Ces fruits, qui semblent doux tant qu'ils sont inconnus,
Furent tous à ma bouche insipides et fades.
Sous des masques charmants, j'ai vu tes traits maussades,

Des fronts où l'intérêt a creusé ses sillons. —
Alors, loin de ce monde et de ses tourbillons,
J'ai voulu, m'élançant dans les champs de la gloire,
Léguer un nom de plus au livre de l'histoire...

Mais le Rhin coule en paix, — et je vois, l'arme au bras
L'Europe n'oser faire en avant un seul pas.
En vain les lourds canons et la cavalerie
Se croisent en tout sens avec l'infanterie, —
Est-ce de l'Orient ou bien de l'Occident
Que partira le coup qui du coursier ardent
Fera lever la tête et dresser les oreilles ?

De l'amour, dont mon cœur attendait les merveilles,
Jeune homme, je voulus suivre la douce loi...
Mais, hélas! ô pardon, mon Dieu! pardon pour moi!
Oh! pardon et pitié pour elles, — pauvres femmes
Qui, dans un jour d'ivresse, ont oublié leurs ames!

Enfin, abandonnant mon cœur à l'amitié,
J'espérai; — mais bientôt je me suis écrié :

Amitié ! simple mot ! véritable imposture !
Sentiment faux, bâtard ! union hors nature,
Où l'un est la victime et l'autre le bourreau !
Où, tôt ou tard, un seul porte tout le fardeau !
Faiblesse d'une part, — et de l'autre égoïsme !
Où sont-ils ces amis guidés par l'héroïsme ?
Voyez-les ! — Le fer luit ; le sang coule. — Un coup d'œil
A brisé ce lien qui faisait leur orgueil.

Ainsi, j'errai long-temps de chimère en chimère,
Et la réalité me parut bien amère,
Quand enfin, à mes yeux, la pâle vérité
S'offrit telle qu'elle est, dans sa simplicité.
Je cherche maintenant, quoiqu'à tâtons encore,
Le sentier qui conduit au repos que j'implore.
Puissé-je le trouver ! puissé-je, sur mon front,
Voir luire un ciel plus pur sous lequel renaîtront
Des jours qui, doucement, me conduiront au terme
Où sur l'homme si fier la terre se referme.

Béziers. — Janvier 1840.

Prière d'un Enfant.

Vierge, dont le nom est si doux,
        O Marie!
Ma voix s'élève jusqu'à vous
        Et vous prie :

Dès l'enfance, arraché des bras
        De ma mère,
Je trouve la vie, ici-bas,
        Bien amère!

Depuis dix ans que j'ai quitté
Ma patrie,
Mon ame a perdu sa gaîté,
S'est flétrie.

Quand part, au retour des hivers,
L'hirondelle,
Je voudrais, au-delà des mers,
Fuir comme elle.

Mère du Christ, rendez l'espoir
A ma mère....
Elle pleure, et de me voir
Désespère.

Rendez, rendez-lui son enfant!
Elle souffre
Depuis qu'entre nous l'Océan
Mit son gouffre.

Mes premiers vers. — 1827.

Pauvre Soeur!

Ainsi que l'hirondelle,
Loin des sombres frimats,
S'enfuit, à tire-d'aile,
Vers de plus doux climats;

Loin de ce monde infâme,
A la vertu railleur, —
Ainsi partit son ame
Pour un monde meilleur.

1829.

Pauvre Fleur!

Sur ta tige grêle,
Pauvre fleur si frêle,
Au vent, à la grêle,
A bien des méchants
Sans cesse exposée....
Te voilà brisée,
Pauvre fleur des champs!

Les pleurs de l'aurore
Te firent éclore ;
Tu pouvais encore
Jusque vers le soir
Briller dans la plaine....
Midi luit à peine
Tu n'as pu le voir !

De cette fleur, née
Pour une journée,
Crains la destinée, —
Beauté qui, souvent
A peine fleurie,
Tout à coup flétrie,
Passe au premier vent.

1820.

A Madame M...

Madame, que ce pauvre livre,
Qu'en tremblant ici je vous livre,
Trouve indulgence auprès de vous.
Il naquit d'un faible délire ;
Mais si j'avais le droit si doux
De vanter un jour, sur ma lyre,
L'éclat charmant de vos beaux yeux, —

Je vous dirais un chant si tendre,
Si brillant que, pour mieux l'entendre,
Les anges se tairaient aux cieux.

Nevers, mars 1841.

Marie.

Le beau soleil de juin se couchait, et les ondes
Allaient le recevoir sous leurs masses profondes;
Son disque grandissait moins vif à l'Occident,
Et ses jaunes rayons perçaient, en descendant,
De grands nuages blancs teints de mille nuances.

Les filles du village accouraient pour les danses.
Une surtout — rieuse et tout au plus seize ans,

Svelte et blanche, yeux noirs doux quoique petillants,
Cheveux noirs. — Telle était Marie au fin corsage,
Autant elle était belle, autant elle était sage.
Le dimanche matin elle priait son Dieu,
Mais le dimanche soir, la première du lieu,
Elle accourait danser au bal, la jeune fille.
Tout le reste du temps, à la main son aiguille,
Elle cousait, tout en chantant quelque chanson,
Près de sa mère, assise au seuil de la maison.
Elle jouait, riait — et, jamais trop pensive,
Elle n'aimait encor que les fleurs de la rive.
Elle jouait, riait comme on rit à seize ans,
Quand le cœur ne ressent ni combats ni tourments.
Elle avait d'un enfant l'esprit vif et volage,
Etait insouciante et toute de son âge.
Dans le bois, sur le pré, même au bord du torrent,
Sont mille et mille fleurs d'un éclat différent,
Mais aucune ne peut s'égaler à la rose
Quand elle ouvre son sein que le zéphire n'ose
Effleurer qu'en tremblant dans ses folâtres jeux :
Ainsi brillait Marie en son printemps joyeux.

Un matin qu'elle allait cueillir pour sa toilette
Dans le plus prochain bois la simple violette,
Elle voit accourir sur un cheval fumant
Un chasseur. — Le coursier, hors d'haleine, écumant,

S'accroche tout-à-coup sous son maître, et le jette
Loin de lui sur un tronc d'arbre qui se projette,
Puis s'enfuit au galop en faisant sur ses flancs
Sonner les étriers vides et balottants.
Le malheureux jeune homme, étendu sur la terre,
Ne revient qu'en sentant une main salutaire
Epancher une eau froide et pure sur son front.
Il sort, encor brisé de son sommeil profond;
Il ouvre de grands yeux; sent revenir son ame,
Et voit un ange, sous la forme d'une femme
A genoux devant lui, qui d'un œil inquiet
Suivait ses mouvements. — D'abord, il fut muet
En fixant ce front pur dont l'albâtre candide
Se couvrit aussitôt d'une rougeur timide.
Elle allait s'éloigner; il l'arrête: — « Ah! pourquoi!
» Pourquoi me fuir, dit-il — Que craignez-vous de moi?
» Comment vous nommez-vous? — Marie. — Eh bien! Marie
» Acceptez cette bague.... oh! prenez, je vous prie!
» Ce sera, si jamais je ne puis revenir,
» De ma reconnaissance au moins le souvenir. »
Elle reçut la bague. — En ce moment passèrent
Des chasseurs qui vers eux aussitôt s'avancèrent,
En revoyant celui qu'ils cherchaient en tous lieux.
Il reprit son cheval et partit — mais deux yeux,
Deux beaux yeux noirs long-temps, bien long-temps le suivirent.
Que dirai-je de plus? — Souvent ils se revirent
La jeune fille et lui. — C'est que, toutes les fois

Qu'il venait, elle aussi se rendait dans le bois.
Celui qui, le premier, à la vierge ingénue,
Fit sentir une ivresse autrefois inconnue,
Qui réveilla son ame et remua son cœur;
Qui, par ses doux propos, fit taire sa pudeur;
Il en est bien aimé — car sa vive tendresse
Dure jusqu'à la mort si l'ingrat la délaisse.

Le beau chasseur était un officier du roi.
L'ordre vient de partir. — Au comble de l'effroi,
Elle lui fit jurer de lui rester fidèle,
Et, dès qu'il le pourrait, de revenir près d'elle.
Long-temps elle suivit le cheval du regard,
Et quand elle s'en fut, il était déjà tard;
Car elle était restée immobile, en silence,
Comme attendant encor qu'il revînt. — Elle pense
A ces jours, ces beaux jours, pour eux sitôt passés,
A ces instants si doux à jamais effacés.
Puis posant ses deux mains sous sa tête inclinée,
Elle pleure — le mois succède au mois; — l'année
La voit pleurer encore et la voit tous les jours
Retourner dans le bois-témoin de ses amours.
La pauvre jeune fille! oh! qu'elle est donc changée!
Sa bague est toujours là de ses baisers chargée.
Elle se sent pleurer rien qu'en la regardant,
C'est son plus cher trésor, sa vie.... et cependant

Cette bague te fait bien mal, pauvre Marie!
Te voilà le front pâle et la joue amaigrie,
Tu restes immobile, et ton regard souvent
Semble vers l'horizon se porter bien avant.
Aussitôt que des pas au dehors retentissent,
Ton cœur bat et tressaille et tes membres frémissent.
Ils sont bien loin ces jours si purs et si riants,
Ces beaux jours d'innocence où, sans remords criants
Tu passais à chanter ta joyeuse journée
Et voyais sans ennui se compléter l'année.

Souvent elle se dit : — Il ne reviendra pas! —
Parfois, mais moins souvent, l'espérance, tout bas,
Dit qu'il peut revenir. — Alors, dans son délire,
Un soupir, comme un son qui finit sur la lyre,
Entr'ouvre faiblement ses lèvres — autrefois
Si fraîches, quand parut le chasseur dans le bois.
Un sourire léger, doux et mélancolique,
Paraît et fuit soudain sur sa bouche angélique,
Comme un azur riant au milieu d'un ciel noir.

Or, un jour, et c'était environ vers le soir,
Qu'immobile, elle avait les yeux à sa fenêtre,
Elle voit ou croit voir dans le lointain paraître,
Un cavalier poussant son cheval au galop.

Il vient, ainsi qu'on voit fondre et venir le flot....
Il vient... il vient toujours... il approche... il s'élance..
Il franchit l'escalier... le voilà ! — mais silence :
— Je t'ai bien entendu, dit-elle. — et, doucement,
Sa tête se penchant au sein de son amant,
Sa bouche le chercha .. mais sa bouche glacée
Ne peut venir à lui qui la tient enlacée.
Il frémit tout-à-coup. — Hélas ! il n'a saisi
Qu'un cadavre, qu'un corps par le trépas transi.
Elle est sans mouvement — mais un sourire encore
Semble, en les entr'ouvrant, sur ses lèvres éclore....
Pauvre, pauvre Marie, elle est morte en sa fleur ! —
Une trop longue attente avait brisé son cœur.

Deux jours après — à l'heure où le soleil décline,
Un cercueil blanc passait le long de la colline,
Allant où tout finit. — Jeune fille, tu vois
Qu'il ne faut pas rêver seulette dans les bois.
Et qu'il ne faut surtout jamais prêter l'oreille
Aux officiers du Roi, quand ta mère sommeille.
Un ordre vient : ailleurs ils vont porter leurs pas
Et quand ils sont partis, ils ne reviennent pas.

Saint-Mihiel 1836.

Comparaison

Voyez ce jeune enfant poursuivre, à perdre haleine,
Un papillon qui fuit au hasard dans la plaine.
Long-temps l'insecte ailé conduit de fleurs en fleurs
Son ennemi charmé de ses vives couleurs :
Mais si l'adroit enfant, au comble de la joie,
Par ruse ou par bonheur vient à saisir sa proie,
D'abord, il la caresse, il l'admire, attentif
A ne pas effrayer ni blesser son captif.

Il craindrait de ternir le velouté des ailes,
Peintes si brillamment, transparentes et frêles...
Mais enfin, fatigué de la possession
De ce qui fut l'objet de sa tentation,
Il le laisse échapper, — mais, les couleurs flétries,
Sans force, sans éclat et les ailes meurtries.

L'enfant, devenant homme, a de nouveaux désirs ;
Il veut d'autres amours ; il veut d'autres plaisirs ;
Voyez rougir son front, quand une jeune fille,
Avec son frais sourire où l'innocence brille,
S'offre à lui dans l'éclat de ses premiers attraits...
Long-temps il la convoite — et, de loin et de près,
Il ne voit, il ne veut au monde qu'elle seule.
Tel un cruel serpent, ouvrant sa large gueule,
Attire un faible oiseau qui, tremblant et plaintif,
Veut en vain éviter son regard attractif.

D'abord la jeune fille, ignorante et sans craintes,
Ecoute, en badinant, les serments et les plaintes
De l'homme qui voudrait pénétrer dans son cœur ;
Long-temps elle s'en rit. — Mais il sera vainqueur
S'il peut la rendre enfin moins vive, moins rieuse,
S'il la surprend parfois pensive et sérieuse.

Il cherchera d'abord, par des soins caressants,
A calmer ses remords sans cesse renaissants ;
Puis il la laissera brutalement flétrie,
Par les propos du monde insultée et meurtrie,
Et ne pouvant trouver, après son déshonneur,
Indulgence et pitié même dans une sœur.

(*Imité de lord Byron.*)

Saint-Mihiel, 1836.

L'aigle se perd au ciel ; la bulle s'évapore ;
Le son s'évanouit presqu'aussitôt qu'il naît ;
La flèche est déjà loin ; la fleur se décolore ;
L'éclair part, brille et meurt, — et l'homme disparaît.

1829.

Le Kabyle prisonnier.

Sur ses bords éloignés l'Afrique m'a vu naitre ;
Ainsi que le lion j'eus pour berceau premier
Le sable du désert et l'ombre du palmier.
Encore tout enfant, seul, sans guide et sans maitre,
Vers l'horizon immense à mon audace ouvert,
Je partais au galop d'une ardente cavale
Des vents de mon pays jeune et souple rivale, —
        Mais je suis bien loin du désert !

Et ma cavale et moi, nous traversions ensemble
Des régions de feu, des espaces sans fin.
Tout enfant, — je bravais et la soif et la faim
Et les rayons brûlants que le midi rassemble.
Jeune homme, — je riais quand j'avais découvert
Contre qui déployer ma force et mon adresse,
Le tigre ou le serpent qui rampe et qui se dresse, —
Mais je suis bien loin du désert !

Je cherchais le lion jusque dans sa tannière.
A travers le désert par sa voix effrayé,
Reprenant le chemin que je m'étais frayé,
Le soir, je reposais sur sa fauve crinière.
Puis, ma nef de l'Egypte a sillonné la mer,
Et sur les golfes bleus affrontant les orages,
J'ai vu tous les périls, bravé toutes les rages,
Mais je suis bien loin du désert !

Entre tous les guerriers, nous sommes les plus braves !
N'obéissant qu'à nous, plus libres que le vent,
Nous couchons sous la tente et sur le sol mouvant,
Où ne peut vivre aucun de ces chrétiens esclaves
Qui bénissent le joug à leur mollesse offert ;

Et nos femmes, à nous, sont nombreuses et belles,
Et jamais nos désirs ne les trouvent rebelles,
Mais je suis bien loin du désert !

Lorsque je hais, il faut que mon ennemi tombe !
J'aime à voir tout son sang goutte à goutte couler,
Et son corps, à mes pieds, se tordre et se rouler....
Le ventre du chacal lui servira de tombe !
Allah ! le glaive est beau, s'il est de sang couvert !
J'ignorerai toujours ce que, dans sa démence,
L'imbécille chrétien appelle la clémence ; —
Mais je suis bien loin du désert !

1837.

Le Cheval sauvage.

Que j'aimerais à voir un cheval indompté,
Noble enfant des forêts et de la liberté,
Secouer, au hasard, sa longue chevelure,
Le front haut, l'œil ardent, libre dans son allure,
Précipiter ses bonds, et, les naseaux fumants,
Appeler près de lui, par ses hennissements,
La cavale aux longs crins, son amante sauvage.

Il n'a jamais mordu le frein de l'esclavage,
Ni senti sur son dos un habile écuyer
Sur la selle assuré, ferme sur l'étrier.
Libre comme le vent, prompt comme la tempête,
Dans un jour de bataille, au son de la trompette,
Sous le dur éperon il n'a jamais frémi.

Mais qu'a-t-il vu passer, que, soudain, il a fui ?
Un loup... il fait un bond; il franchit, hors d'haleine,
Buisson, fossé, torrent; — il traverse la plaine,
S'élance dans le bois... et va, toujours courant,
Laissant derrière lui, buisson, fossé, torrent.

Saumur, 1831.

La Nature et l'Homme.

Que l'homme, cette fière et faible créature,
Que l'homme est impuissant auprès de la nature !
La nature en fureur bouleverse les mers,
Etouffe les vaisseaux dans ses gouffres amers,
Ou les jette et les broie à des roches prochaines.
La nature en fureur déracine les chênes,
Gonfle, étend les ruisseaux, submerge les sillons,
Disperse les épis avec ses tourbillons,

Les hache avec sa grêle, — et précipite ensemble
Ses agents destructeurs sur la terre qui tremble. —

Mais que les passions s'agitent dans le cœur ?
La nature conserve un sourire moqueur.
Que l'ame soit battue aux plus fortes tempêtes ?
Rien, non, rien n'est changé près de nous, sur nos têtes.
La créature souffre, — et de son désespoir
La nature paraît ne pas s'apercevoir ;
Elle est toujours la même, et sa douce harmonie
Semble être pour nos maux une amère ironie.

L'homme, dans son malheur, en haut lève les yeux : —
Pas un bruit dans les airs, — pas un nuage aux cieux!

Jalousie.

Que je souffre, je souffre! — Une douleur sans nom
Engourdit ma pensée, annule ma raison.
En vain, me reprochant mon indigne faiblesse,
Je cherche à me soustraire à la main qui me blesse; —
Après m'être, sous elle, un instant débattu,
Je retombe épuisé, sans force et sans vertu.
Ah! dès lors qu'une fois l'affreuse jalousie
A fait passer en nous toute sa frénésie,

8

Elle nous mord au cœur, et ses ongles de fer
Font ruisseler un fiel qui nous rend tout amer!

Lorsque Saumur m'ouvrit son école guerrière,
Je m'élançai d'un bond dans l'ardente carrière.
Beau de gloire et d'amour mon avenir s'offrait;
A toutes les faveurs mon front se préparait;
Et je voyais déjà mes jeunes destinées
De rayons et de fleurs doublement couronnées.
C'était me confier au soir, dès le matin,
Sans réfléchir, combien le temps est incertain.
Hélas! hélas! celui qui, par malheur, se fie
A l'amour d'une femme et qui lui sacrifie
Sa douce insouciance avec sa liberté,
Ne sait pas dans quel gouffre il s'est précipité!
Mais, moi, je t'aimais tant! — Lorsque les aubépines
De flocons odorants garnissaient leurs épines;
Lorsque tout renaissait, et que les églantiers
De leurs roses des champs parfumaient les sentiers,
Je parcourais ces bords, qu'en son cours semé d'îles,
La Loire aime à baigner de ses ondes fertiles.
Tandis que j'égarais mes pas rêveurs et lents
Sous l'ombrage touffu, loin des rayons brûlants,
Je la voyais passer, légère, entre les branches,
Avec ses cheveux noirs sur ses épaules blanches,
Telle que je la vis un soir que dans mes bras

Elle cacha sa tête, en son doux embarras.
Puis, quand je m'essayais aux travaux de la guerre,
Je la voyais encore à travers la poussière
Sur un cheval fougueux près du mien bondissant.
Elle était toujours là, devant moi surgissant.
En tout temps, en tout lieu, son image chérie,
Flottant à mes côtés, charmait ma rêverie.

Deux ans sont écoulés — et quand je la revois
Je ne retrouve plus son regard ni sa voix.
Elle ne m'aime plus. — Elle autrefois si douce,
Si tendre pour moi seul, maintenant me repousse.
Ses yeux qui me parlaient, me comprenaient si bien,
Ses yeux en me fixant ne me disent plus rien;
Sa main ne répond plus à ma main qui la touche;
Sa bouche, tous deux seuls, ne cherche plus ma bouche.
Quand, parfois, je lui fais un reproche bien doux :
— Oh! que vous êtes donc, me dit-elle, jaloux! —
Pourtant elle m'aimait?... Cette pâleur étrange
Qui maigrit son visage et tellement la change
Que l'œil de son amant ne la reconnaît plus,
Et que les soins de l'art paraissent superflus,
Tout me dit que c'est moi, dont la trop longue absence
A tué dans son sein jusques à l'espérance.
Mais pourquoi, pourquoi donc, être au cœur inégal?
Pourquoi, réponds enfin, te faire un jeu fatal

D'envenimer encor, par ta coquetterie,
Les tourments que j'endure et qui brisent ma vie?
Que je souffre! je souffre! — Ah! c'en est trop aussi!
Puisque j'ai beau crier et qu'elle est sans merci,
Qu'elle y prenne bien garde : il m'est facile encore
De lui faire éprouver le mal qui me dévore,
De la voir, toute en pleurs, tomber à mes genoux....
Mais que dis-je, que dis-je? ô le plus fou des fous,
Qui croit de bonne foi qu'il faut, parce qu'il aime,
Que, naturellement, il soit aimé de même,
Et qu'une jeune fille, en qui l'on reconnaît
Tout ce que la nature offre de plus parfait,
Lui donne son amour... amour qu'avec envie
Chacun brigue ici-bas pour embellir sa vie.

1833.

Malédiction.

Amour, je te maudis ! — c'est toi qui dans les flots
Précipitas Sapho des rochers de Lesbos !
C'est toi, dont les conseils si fatals à la terre,
Armèrent d'un poignard Clytemnestre adultère !
Tu parles, — et bientôt Hippolyte innocent,
Sur un simple soupçon, abreuve de son sang
Les ronces et les rocs où, le long du rivage,
Le traînent ses chevaux dans leur course sauvage.

A ton souffle mortel, que de nobles guerriers
Ont vu pâlir l'éclat de leurs plus beaux lauriers.
Antoine n'a-t-il pas, dans un délire immonde,
Joué contre une femme et sa gloire et le monde ?
Tantôt, vil meurtrier, un stylet à la main,
Tu frappes tout à coup dans l'ombre du chemin ;
Tantôt, ceignant ton front et tes reins de couleuvres,
Et riant en secret de tes sinistres œuvres,
Tu mêles, sans pitié, les poisons aux poisons,
Et railles ta victime en ses convulsions.
Que de fois tu damnas des prêtres fanatiques
En leur soufflant au cœur des désirs impudiques.
Amour, démon fatal au repos de nos cœurs,
Tu te plais dans le mal et ris de nos douleurs :
Malédiction donc à toi dont le sourire
Nous jeta tant de fois dans un affreux délire,
Fit commettre aux humains leurs plus grands attentats,
Et même anéantit de si puissants états !

1833.

A Madame la baronne de B. née d'A.

Quand mars, de son humide haleine,
Attristait la ville et la plaine,
Vous m'avez, bonne châtelaine,
Accueilli dans votre castel : —
Pour vous distraire de l'orage,
Oyez, dame de haut parage,
Les chants d'un pauvre ménestrel.

Vous qui portez avec simplesse,
Sans hauteur comme sans faiblesse,
Votre couronne de noblesse;
Vous, chez qui toujours on verra
Les talents unis à la grâce... —
Que devant vous je trouve grâce,
Et l'univers m'applaudira.

Mars, 1841.

Les quatre Saisons.

LE PRINTEMPS.

Le bouton s'est ouvert, — et l'arbre reverdit.
Sentant battre son cœur, la jeune fille dit :
— Que l'air est doux et pur! que la nature est belle!
Puis, cueillant une fleur délicate comme elle,

Fragile et passagère, ainsi que sa beauté,
Elle gagne en rêvant, un bosquet écarté,
Où le lilas courbant ses grappes étoilées,
Des larmes du matin humides et perlées,
La dérobe en son sein aux regards indiscrets,
Et la cache, pensive, elle — et tous ses secrets.

L'ÉTÉ.

Madame, vous craignez notre soleil ; — eh bien !
Figurez-vous un peu le désert Nubien,
Et puis, un voyageur errant parmi les sables
Sous la zone étendus, vastes, infinissables,
Aussi grands que les mers et comme elles mouvants,
Et comme elles aussi soulevés par les vents.
Un peu d'ombre, de l'eau, — c'est tout ce qu'il implore
Pour calmer un instant le mal qui le dévore...
Il n'est plus temps. — Voici que le Simoun brûlant
Arrive et le foudroie, et sous le sol croulant
L'enterre — déjà mort de soif et de souffrance. —
Ne préférez-vous pas l'été de notre France?

L'AUTOMNE.

Courons et mêlons-nous à ces groupes épars.
Viens, Bacchante à l'œil noir, au sourire folâtre,
Et laisse tes cheveux, tombant de toutes parts,
Flotter, en nœuds brillants, sur ton beau cou d'albâtre.

Combien j'aime à te voir effleurer mollement
L'herbe que nous foulons tour à tour en cadence !
Que j'aime à voir en toi, dans chaque mouvement,
Se peindre la mollesse ou le feu de la danse !

Le thyrse est dans ta main ; ton geste est expressif ;
Le raisin aux grains d'or en tes cheveux se joue ;
Ta bouche me sourit ; ton regard est lascif,
Et le nectar anime et colore ta joue.

Oh ! que te voilà belle ! — Oh ! laisse-moi passer
Mon bras autour de toi, jeune et folle bacchante !
Bacchante aux cheveux noirs ! oh ! laisse-moi presser
Ta taille de seize ans, souple comme l'acanthe !

De plaisir et d'amour ton sein est palpitant ;
Tes mouvements moins vifs ne sont plus si timides ;

Tes regards sont voilés et ne brillent plus tant ..
Que te voilà donc belle avec tes yeux humides!

L'HIVER.

Quand d'un réseau glacé la ville s'environne,
Et qu'aux vents de l'hiver la neige tourbillonne;
Tandis que l'aquilon siffle dans les volets...
Il est doux, près du feu, les pieds sur les chenets,
D'avoir auprès de soi femme jeune et jolie,
Compagne des plaisirs et des maux de la vie.
Sa main dans votre main, on garde tous les deux
Un silence charmant, doux et voluptueux.
Son front sur votre épaule avec amour repose: —
Elle ne parle pas; mais son regard propose
Un baiser, — cent baisers pris, repris et rendus,
Tantôt vifs, tantôt lents et comme suspendus.
On se promet tout bas de se coucher bien vite...
Mais qui vient de sonner? — Hélas! une visite!

L'Homme blasé.

Rien, non, rien, je le sens, ne peut me ranimer !
Mon cœur fut trop prodigue : il ne peut plus aimer.
J'ai dépensé mes jours de folie en folie,
Et, dégoûté de tout, j'ai bu jusqu'à la lie
        La coupe des plaisirs.
Mon temps s'est écoulé plus rapide qu'un songe,
Et dans ce cœur flétri, que la tristesse ronge,
Se sont évanouis jusques à mes désirs ;

Tout me fait mal, les hommes et les choses!
Car, pour calmer l'ennui de mes loisirs,
J'ai cueilli, sans raison, des fleurs à peine écloses.
Mes sens sont émoussés, — mon palais est sans goût, —
Et pourtant je jouis de tout.
Ma maîtresse est ardente; elle est jeune; elle est belle...
Mais ses baisers sont fades, — et jamais
Je n'éprouve loin d'elle
Ces tourments que j'aimais.
La coupe des festins est amère à ma bouche,
Et les mets les plus fins passent sans que j'y touche.
L'été n'a plus de feux
Pour réchauffer mes veines,
Qu'un froid prématuré vient glacer, — et mes yeux
Sont sans éclat sous leurs paupières vaines.
Roi, — je partagerais, pour un peu de gaîté,
Mes trésors et ma royauté,
Avec celui qui, sur la terre,
Inventerait, pour me distraire,
Une nouvelle volupté. —
Dieu, — je lui céderais mon immortalité!

1830.

A une jeune Fille.

Jeune fille, tu vas, l'ame toujours ravie,
Cueillant toutes les fleurs dont se pare la vie,
Et que ton beau printemps sème sur ton chemin....
Ecoute, jeune fille : — une, digne d'envie,
Riait, ainsi que toi, sans peur du lendemain. —

La mort passa, — la vit à sa toilette,
Et la toucha de ses doigts de squelette.
Fermant ses yeux, comme pour le sommeil,
Elle gémit, — pencha sa tête frêle, —
Et puis... tomba, comme, en un jour de grêle,
Tombe la fleur ou le bouton vermeil.

Ainsi, prends garde à toi, jeune fille rieuse,
La mort peut-être est là, sombre et silencieuse...
Peut-être que déjà, derrière ta psyché,
Pour te frapper soudain son squelette est caché...
Ah! te voici maintenant sérieuse!
Non, — jeune fille! — il faut rire, — entends-tu?
Rien ne sied mieux à ta bouche jolie
Que ton souris doux comme la vertu: —
Rien ne sied moins que la mélancolie.

1837.

La Fiancée.

N'entend-on pas dans l'air la cloche qui bourdonne ,
Annoncer à grand bruit qu'une vierge se donne ,
Se donne pour la vie à l'époux désigné ,
Souvent trop fier d'un cœur qui n'est que résigné ?

Que de fois , en effet , ce jour a vu de larmes !
Que de jeunes beautés , victimes de leurs charmes ,

S'avancent à l'autel, de même qu'au trépas
La triste Iphigénie avait traîné ses pas,
Quand, pâle et le front ceint de guirlandes tressées,
Qui retombaient le long de ses tempes glacées,
Elle vit les soldats debout devant l'autel
Et les ministres saints armés du fer mortel.

L'époux croyant trouver dans sa jeune maîtresse,
Un objet tout d'amour, de joie et de tendresse,
Ne presse sur son sein qu'un corps inanimé
Que glace et fait frémir son baiser enflammé.
Elle résiste et pleure, et sa bouche inquiète
Se refuse à la bouche et demeure muette.
Il n'en est pas ainsi quand son cœur est content :
La première nuit voit ses pleurs, au même instant,
Commencer et cesser — pour faire place au rire,
Aux mots entrecoupés qu'un tendre et doux délire
Arrache, par moments, à son cœur ingénu
Dans les brûlants transports d'un plaisir inconnu.

La cloche tinte encore, et son bruit monotone
Annonce en cet instant qu'une vierge se donne...
Est-ce à l'amant aimé? — Je ne le pense pas :
L'époux est vieux, — elle est jeune d'ans et d'appas,

Pourtant moins pâle qu'elle est sa pâle couronne,
Moins blanc le voile blanc dont elle s'environne;
Sous son gant sa main tremble, et son regard glacé
Est, douloureusement, vers la terre baissé. —

Elle lève les yeux — une rougeur rapide
A couvert tout à coup son front mat et livide,
Tout son corps est saisi d'un frisson convulsif. —
Qu'a-t-elle donc vu? — C'est qu'immobile et pensif
Un jeune homme, debout au fond d'une chapelle,
Avait, en même temps, les yeux fixés sur elle.... —

1831.

S'il vous arrive un jour d'avoir
        Désir extrême,
Charmante fille, de savoir
        Celle que j'aime,
Regardez-vous dans un miroir —
Et vous pourrez aisément voir
        Celle que j'aime.

1835.

L'Ombre.

Oui, c'est bien moi, ma chère et pauvre Hélène,
Oui, c'est bien moi que tu mis au cercueil !
Pour te revoir j'ai quitté mon linceul
Où de la mort me tient la froide haleine...
— Mais ne crains rien, car je suis plus léger,
Car je suis moins qu'un souffle passager !

Tu pleures donc, mon Hélène, tu pleures
Au souvenir de ces charmantes heures

Où nous goûtions, sans craindre l'avenir,
Un bonheur pur que Dieu semblait bénir. —
Pourtant, hélas! suis aux sombres demeures ..
— Mais ne crains rien, car je suis plus léger;
Car je suis moins qu'un souffle passager!

Si quelquefois tu sentis, dans un songe,
Comme un doux vent sur tes lèvres passer;
Oh! ne crois pas que ce fut un mensonge,
C'était bien moi qui venais déposer
Dessus ta bouche un doux et long baiser...
— Mais il me faut te quitter au plus vite.
Adieu, je dois obéir au destin.
Encore adieu, car il faut que j'évite
D'être surpris aux rayons du matin.
Je me retire où le trépas m'enchaîne...
Je reviendrai te voir la nuit prochaine...
— Et ne crains rien, car je suis plus léger;
Car je suis moins qu'un souffle passager!

1839.

Désir.

Elle est trop belle pour ce monde !
L'azur du ciel est dans ses yeux ;
Sa chevelure qui l'inonde
Est aussi soyeuse, aussi blonde
Que celle d'un ange des cieux.

Pour tout bonheur, sur cette terre,
Que je puisse, un instant, la voir...

Et calmant sa pudeur austère,
Lui révéler plus d'un mystère
En lui parlant, tout bas, le soir; —

Qu'un jour, comme la sensitive,
Elle tressaille à mon toucher...
Que je l'entende, encor craintive,
Me prier d'une voix plaintive,
Et, tout en cédant, se fâcher; —

Que j'allume une tendre flamme
En ses yeux pleins de volupté...
Et puis... que l'enfer me réclame,
S'il est vrai que l'homme ait une ame
Qu'attende l'immortalité!

1830.

Plaintes.

Insensé que je suis, qui laisse ainsi mon âme
Aux feux de ses regards en vain se consumer !
Placerai-je toujours mon bonheur sur la femme
Qui ne veut pas m'aimer ?

C'est trop souffrir ! — faut-il que ma jeunesse plie
Sa fière liberté sous un trop long dédain !

Et faut-il plus long-temps que je prie et supplie,
Hélas ! toujours en vain !

Je cherche à dégager ma volonté captive...
Dès que je la revois, je suis sans volonté !
Je cherche à rappeler ma raison fugitive...
La raison m'a quitté !

Pour moi son doux regard s'adoucissait encore
Et d'une flamme humide étincelait parfois...
Comme tremble la voix qui tendrement implore,
Ainsi tremblait sa voix. —

Mensonges ! — brisons donc la chaine qui me lie !
Secouons le vertige où se perd ma raison !
Et renversons, avant d'en avoir bu la lie,
La coupe du poison !

1835.

Après l'Orgie.

O nuit, nuit de l'enfer ! — après le bal, l'orgie !
Mon ange a dû s'enfuir de honte et de dégoût ;
Car de vins, de baisers, ma lèvre s'est rougie ;
Et j'ai traîné mon âme en tous sens dans l'égoût.

Mais alors que la joie éclatait à plein verre,
Et qu'aux rires, aux chants se mêlaient des baisers,

Il s'élevait souvent comme une voix sévère
Qui réveillait en moi de lugubres pensers.

Dans les pétillements de l'aï qui fermente
Croyant noyer enfin les soucis de mon cœur,
Il me semblait, au fond de ma coupe écumante,
Entendre ricaner quelque démon moqueur....

Et plus, autour de moi, croissait l'orgie immonde,
Plus mon front se couvrait de sombres désespoirs;
Plus alors les ennuis, les peines de ce monde
Se dressaient à mes yeux comme des spectres noirs.

Dans ces baisers brûlants où les lèvres se broient
Je crus ne rencontrer que la douceur du miel;
Mais cette molle ivresse où deux ames se noient,
Pour tout arrière-goût ne me laissa que fiel.

Quelquefois écoutant ma complice inquiète
Me demander des mots d'amour et de bonheur,
Je voyais, malgré moi, sur ma bouche muette,
Expirer les serments que réclamait son cœur.

Que de fois n'ai-je pas, comme un sombre génie,
Épié son sommeil encor tout palpitant,
Et n'ai-je pas alors, d'une injuste ironie,
Senti passer en moi le sourire insultant !

[illegible]'entendant, chaude encor d'un reste de délire,
B[illegible]utier mon nom, assoupie à moitié,
Da[illegible] mon cœur détrompé quand je cherchais à lire...
N'y [illegible]vant que froideur, amertume et pitié,

Je disais : — Pourquoi donc être ainsi soucieuse,
O mon ame ? — Pourquoi ces désirs impuissants ?
Ne pourras-tu jamais de toi-même oublieuse,
T'endormir quelquefois aux voluptés des sens ? —

Et je réfléchissais : — Qu'est-ce donc que ce monde
Où toute volupté porte un ennui vengeur ;
Où le gazon fleuri cache un reptile immonde ;
Où le fruit le plus beau recèle un ver rongeur ?

Lyon. — Mercredi des cendres, 1837.

Boutade.

Soit que, pur et modeste,
Ton œil calme n'atteste
Que d'innocents désirs,
Soit que de tes prunelles
Les vives étincelles
Appellent les plaisirs. . .

Démon aux traits d'un ange,
Femme! étonnant mélange

De mauvais et de bon,
Jamais, je puis le dire,
Ta voix ni ton sourire
N'ont troublé ma raison !

Depuis qu'une par une
J'ai vu tomber chacune
De mes illusions ;
Depuis qu'enfin paisible
Mon cœur est insensible
Aux lâches passions.

Non, jamais une femme
N'a captivé mon ame
Par un coup d'œil mutin ;
Et jamais sa malice,
Au gré de son caprice,
N'a changé mon destin !

Parfois, trompé moi-même,
J'ai pu dire : — Je t'aime ! —
Mais, dès que de mon cœur

Avait fui le délire,
Sur ma lèvre un sourire
Naissait triste et moqueur.

Serments qu'à sa maîtresse,
L'amant fait, dans l'ivresse,
D'un amour neuf encor;
Serments d'une existence
D'éternelle constance;
Beaux rêves, rêves d'or...

Quand on rêve, au jeune âge,
Un bonheur sans nuage,
Un invincible amour... —
Serments, tendres mensonges;
Illusions, vains songes; —
Pour moi n'ont eu qu'un jour!

1847.

Séparation.

Il est donc vrai, — tu vas partir et me quitter !
Hélas! en te voyant de tous tes vœux hâter
L'instant fatal qui doit nous séparer encore,
Un noir chagrin déjà m'oppresse et me dévore,
Quand je viens à penser que, dans l'intimité
Que permettra des Bains la franche liberté,
Tu les verras eux tous, épiant ton sourire,
Fiers d'un de tes regards, soumis à ton empire,

T'entourer à l'envi des soins les plus flatteurs,
T'offrir tout ce qu'ils ont d'hommages séducteurs,
Et, profitant des bals et de leur folle ivresse,
Presser, en galopant, ta taille enchanteresse.
Ce ne sera plus moi qu'appelleront tes yeux,
Plus moi qu'appellera ton sourire joyeux!
Et ces fleurs, ces tissus dont tu seras parée,
Ne seront plus alors pour moi, femme adorée!

Si, du moins, au milieu des jeux et des plaisirs
Qui viendront au-devant de tes moindres désirs,
Un souvenir, auquel je n'oserais prétendre,
Un souvenir d'amour, mélancolique et tendre,
Pouvait troubler ta joie et ta sécurité
Et te rendait pensive au sein de la gaîté!... —
Mais c'est trop exiger!... trop, n'est-ce pas?—Ecoute :
Lorsqu'après ces plaisirs, ces jeux que je redoute,
Lorsque, bien dans la nuit quittant enfin le bal,
Seule, tu sentiras ton esprit plus égal...
Avant que le sommeil ne ferme ta paupière,
Ah! reporte, reporte un regard en arrière!
Souviens-toi, s'il se peut, de ces instants passés,
Peut-être pour toujours et trop tôt effacés;
Rappelle en ta mémoire un jeune homme qui t'aime,
Qui toujours et partout pour toi sera le même...

Que ta bouche à sa bouche envoie un long baiser,
Et peut-être qu'alors, cherchant à m'abuser
Par une illusion qui calmera ma peine,
Un rêve me fera sentir ta douce haleine...

1836.

Malheur.

Ils se sont vite enfuis, pour ne plus revenir,
Et ces jours de bonheur et ces nuits de folie,
Où, près d'elle, oubliant le passé, l'avenir,
Je m'enivrais d'amour sur sa bouche jolie!

Qu'elle était belle alors, en son doux embarras,
Quand, voilant ses beaux yeux de ses longues paupières,

Elle s'abandonnait, tremblante, entre mes bras,
En murmurant en vain quelques chastes prières !

Elle était belle ainsi ! — Mais plus belle, cent fois,
Quand, délirante et folle, à mes lèvres arides
Elle donnait sa bouche et livrait à mes doigts
Son corps nu, rougissant sous mes baisers avides.

Dans les bras l'un de l'autre, heureux, insouciants,
Nous dormions fatigués de voluptés sans nombre....
Le sommeil nous berçait par des songes riants....
Nous dormions, — et sur nous le ciel devenait sombre...

Et la foudre éclata, terrible sur nos fronts ! —
— Pauvre fleur ! la voilà par l'orage abattue !
Pauvre femme, vouée aux plus lâches affronts,
Elle pleure, en priant que le chagrin la tue !

1838.

Toutes trois.

Ceux dont l'ame livrée aux viles passions,
Est morte, avant le temps, à ces sensations,
A ces tendres pensers qu'ils traitent de folie,
A ces pensers d'amour et de mélancolie
Qui sont éteints en eux par le froid de leurs cœurs;
Ceux-là disent, tout haut, avec des ris moqueurs,
Que l'âmour, dont les maux ne sont que des chimères.
Ne peut faire verser des larmes bien amères.

Abrutis, à jamais, par les plaisirs des sens,
Ils disent que l'amour est mot vide de sens;
Que dans les romans seuls le sentiment existe;
Et que, dès qu'on rencontre un objet qui résiste,
Il faut porter ailleurs son espoir et ses vœux....
Qu'enfin l'amour ne rend que les sots malheureux!

Et pourquoi, pourquoi donc tant de lèvres pourprées
Pâlissent tout à coup, tristes, décolorées?
Pourquoi tant de beaux yeux, naguère si brillants,
Qui riaient et lançaient des feux étincelants,
S'éteignent-ils si froids sous la froide paupière?
Pourquoi cette pâleur d'une statue en pierre
Sous des traits, autrefois pour leur fraîcheur vantés?
Pourquoi voit-on enfin tant d'aimables beautés
Brillantes de jeunesse, et de grâce, et de vie,
Lorsque tout ici-bas à vivre les convie, —
Pourquoi tant de beautés, si vives autrefois,
Tombent comme l'on voit tomber au fond des bois
Des feuilles par le vent de la branche arrachées,
Ou se faner des fleurs sur leurs tiges penchées?
Pourquoi? — C'est que leurs cœurs mortellement blessés
Se sont, jeunes encore et pour toujours, brisés!
Pourquoi? — C'est que l'amour est toute leur histoire,
Riante rarement, — bien des fois triste et noire?

Et leur malheur... souvent on ne sait qui l'a fait!

Tel qu'un bel arbrisseau que, d'un œil satisfait,
Un voyageur a vu fleurir à son passage,
Et qu'il trouve, au retour, étendu sur la plage,
Dépouillé de ses fleurs, privé de ses rameaux;
Quand il vient à chercher la cause de ses maux;
Quand il cherche partout les traces de la foudre
Qui, frappant l'arbrisseau, l'a jeté dans la poudre...
Il ne voit rien. — Un ver, sous l'écorce caché,
En le piquant au cœur, hélas! a desséché
Le jeune arbre, si fier de sa verte parure : —
Telle une jeune fille, aussi belle que pure,
Une fois que l'amour, comme un ver dévorant,
Parvient à se glisser dans son cœur qu'il surprend,
On la voit tout à coup dépérir, — et sa tête
Se pencher comme fait un lys dans la tempête.
On ne sait pas son mal : — on la voit seulement
Qui pâlit chaque jour et s'en va lentement.
Elle ne dira rien de ce qui la tourmente;
Elle pleure... c'est tout; — car, dans son ame aimante,
Elle a promis, tout bas, de ne dire jamais
Celui qui peut ainsi la faire souffrir. — Mais
Elle aime cent fois mieux dans la tombe descendre,
Seule avec son secret que nul n'a su comprendre.

Pour l'homme qui se voit, dans un malheureux jour,
Trahi dans ce qu'il a d'espérance et d'amour,
Il peut, plus aisément que ne le peut la femme,
Guérir du coup affreux qui fait saigner son ame.
Il a mille moyens d'étourdir sa douleur,
Et de faire souvent taire son triste cœur;
Son état, le travail, sont là pour le distraire...
Il s'épanche au dehors. — Pour la femme, au contraire,
Qui garde la maison et qui se distrait peu,
L'amour, quand il la tient, la brûle comme un feu,
Précipite son sang, bouillonne dans ses veines,
Et rend ses efforts nuls et ses défenses vaines.
La femme est toute seule avec son pauvre cœur,
Seule avec son amour, implacable vainqueur
Qui la poursuit le jour et la nuit sans relâche.
Une idée est là, fixe — et rien ne l'en détache.
Car la femme aime bien et de tous ses efforts....
Mais il faut qu'elle soit heureuse — ou bien, alors,
Quand elle ne meurt pas, elle vit comsumée,
Faible, pleurant toujours, mourante, inanimée,
Absente au monde, seule et répétant tout bas,
Un nom doux et fatal que l'on ne connait pas.

I.

Brune fille du peuple, à mes leçons facile,
Marie abandonna, frémissante et docile,

Son cœur à mon amour, son corps à mes désirs.
Heureuse d'être à moi, fière de mes plaisirs,
Sans me demander rien, pas même le silence,
Elle ne fit entendre, en perdant l'innocence,
D'autres soupirs que ceux qu'à la virginité
Arrache la douleur d'une âpre volupté.
Plus tard, quand du public la brutale ironie
De nos amours secrets eut rompu l'harmonie,
Honteuse, — elle pleura silencieusement
Sans vouloir accuser son infidèle amant;
Et, malgré ma froideur, jamais aucune plainte
Ne sortit de sa bouche au sourire contrainte.
Un jour elle partit — et fut à son hameau
Revoir sa vieille mère et son jeune troupeau :
Là je la vis encore : — elle était bien changée
La pauvre fille, au cœur par le chagrin rongée.
Ses cheveux débouclés faisaient, sous leur noirceur,
Ressortir encor plus sa funeste pâleur,
Et ses yeux autrefois si vifs, si pleins de charmes,
Creusés par la douleur, étaient rouges de larmes.
— Je lui montrai de l'or; — mais sa noble fierté
Repoussa tous mes dons, malgré sa pauvreté.

II.

Ainsi que l'on peut voir, délicate et craintive,
Au moindre attouchement frémir la sensitive,

Ainsi, te rencontrant un soir sur mon chemin,
Annette, je te fis tressaillir sous ma main.
Bientôt, par la chaleur d'une molle caresse,
De ton cœur assoupi j'éveillai la paresse,
Et ta main dans ma main, près de toi m'oubliant,
Je cherchai sur ta bouche un baiser suppliant.
A mon amour fatal, docile et confiée,
Sans plainte, sans regret, tu t'es sacrifiée;
Et maintenant encor, pâle fille aux yeux bleus,
Où j'ai passé mes doigts tu baises tes cheveux.
Souvent, et bien souvent, durant la nuit profonde,
Ton ombre, devant moi, se dresse pâle et blonde.
Souvent, et bien souvent, quand le chagrin me mord,
Il me semble te voir, blanche fille du nord,
Avec ta main petite, et frêle, et transparente,
Cherchant à soulever, peureuse et souriante,
Mon sabre de dragon ou mon casque pesant... —
Oui, je te vois encor, — quand l'escadron passant
Réveillait sous mes pieds le pavé de la rue, —
Sur le seuil de ta porte accourir toute émue!

III.

Et toi que je voyais porter dans les salons,
Au milieu de nos bals et de leurs tourbillons,

Les sauvages ennuis d'une triste sagesse ;
Toi que le ciel avait comblée avec largesse
Des biens de la fortune et des grâces du corps,
Louise, je te fis connaître le remord !
Ton ame jusqu'alors sur la terre isolée,
Cherchait autour de soi, pour être consolée,
Une ame qui l'aimât et la comprît un peu....
Bientôt elle s'émut à mes baisers de feu,
Et, tous deux, oubliant le monde, la contrainte,
Nous sûmes nous unir d'une brûlante étreinte. —
Sans crainte — nous dormions ivres de voluptés...
Et l'orage pourtant grondait à nos côtés.

O vous qui, toutes trois, douces fleurs de la Meuse,
Viviez paisiblement sur sa rive brumeuse,
Jeunes femmes ! merci pour ces heures d'amour
Que j'ai vu fuir si vite, hélas ! et sans retour.
Semblables aux oiseaux, vous aviez, dans la mousse,
Bâti le long espoir d'un bonheur sans secousse,
Et vos cœurs, jusqu'alors, aux passions fermés,
Sans émoi, sans transport, dormaient inanimés...
Je parus tout à coup... je parlai de constance —
Et je troublai d'un mot votre pure existence !
J'étais venu, poussé par la fatalité...
Différentes de rang, égales en beauté,

Je vous vis toutes trois, — et mes lèvres humides
Savourèrent les fruits de vos charmes timides...
Et puis je disparus, — et le même destin
Qui m'avait amené près de vous un matin,
Le soir, me porta loin du ciel qui vous vit naître.
Le même vent me fit paraître et disparaître ,
Ainsi que vient et passe, au gré de l'aquilon ,
La feuille qui toujours court du bois au vallon.
Maintenant, loin de vous, ô femmes bien-aimées !
Près de qui mes douleurs furent souvent calmées ,
Sur les rives du Tech, au pied du Canigou,
Je me suis arrêté, — courant je ne sais où ;
Tantôt, assis auprès d'une source écumante ,
J'entends mugir au loin la cascade fumante
Ou le torrent qui roule et bondit tout entier ;
Tantôt, seul, à cheval, suivant quelque sentier
Où fleurit l'aloès et mûrit la grenade,
Je poursuis jusqu'au soir ma longue promenade.
Mais , bien que le midi me brûle de ses feux ,
C'est toujours vers le nord que se tournent mes yeux ! —
O femmes ! dans mon cœur également unies ,
Si, pour m'avoir aimé, le ciel vous a punies ,
Ne me maudissez pas , — vous souvenant toujours
Que vous avez , par moi , connu quelques beaux jours !
Que , par moi , vous avez goûté sur cette terre
Un bonheur qui pour l'homme est souvent un mystère !

Céret. — 1838.

A une Catalane.

Catalane gentille,
Dis-moi pour qui pétille
  Ton œil si noir?
Pour qui donc ta voix tremble,
Quand nous parlons ensemble,
  Tout bas, le soir?

Pour qui ta fraîche haleine,
Tes longs cheveux d'ébène
Dignes d'un roi?
Que ta bouche me dise,
Qu'en tes regards je lise
Si c'est pour moi!

Au nord, le ciel est sombre;
La neige y luit dans l'ombre;
L'hiver est dur....
Sous ton ciel, jeune fille,
Du soleil toujours brille
Un rayon pur.

Mais, ô fille chérie!
Qu'importe la patrie
Où nous irons?
Quand on s'aime, qu'importe
Où le sort nous emporte,
Où nous courons?

Quitte donc ton Espagne!
Ose être ma compagne!

Sois mes amours !
La fée aimante et bonne,
Dont la tendresse donne
De si beaux jours !

Que la foule importune
Cherche gloire, fortune,
Célébrité...
Pour moi, sur cette terre,
Je ne veux et n'espère
Que ta beauté !

Perpignan. — 1838.

Promenade le Matin sur mer.

Ta prière à la madone ,
Puis au large , matelot !
Tout est calme , ciel et flot ;
L'air est doux , la mer est bonne.
Tel d'une femme qui dort
Le sein s'élève et s'abaisse ,
Tel le flot monte et s'affaisse
En venant mourir au bord .

A l'occident tout est sombre,
Mais déjà, vers l'orient,
Un rayon vif et riant
Argente, en glissant dans l'ombre,
La vague dont le roulis
Balance notre nacelle
Comme la plume d'une aile
De mouette ou de courlis.

Voici la dernière étoile
Qui vient de s'éteindre aux cieux.
Le vent moins capricieux
Fraîchit et gonfle la voile.
Le jour monte, — monte encor,
Et sa lueur agrandie
Jette comme un incendie
Des reflets de pourpre et d'or.

Toi qui de rien fit le monde,
Peuplas son immensité,
Et remplis de ta beauté
L'air, le ciel, la terre et l'onde,

Grand dieu ! quel homme, ici-bas,
Lorsque, — spectacle sublime !
Ton soleil sort de l'abîme,
Ne te reconnaîtrait pas ?

Port-Vendres. — 1838.

Adieux.

Hélas ! je suis à peine à l'été de ma vie....
Et je sens dans mes os tout le froid de l'hiver !
Hélas ! hélas ! faut-il, qu'avant le temps ravie,
Mon ame soit jetée aux portes de l'enfer !

Je voyais l'avenir d'un œil de confiance ;
Je marchais plein de force, — et bientôt je mourrai...

Et bientôt, avec moi ma dernière espérance
Descendra dans la fosse où je disparaîtrai.

Encor, mais faiblement, une débile étoile
Dans le bleu de mon ciel se fait apercevoir;
Avant que d'être ourdis, mes jours, comme la toile,
Seront coupés! — à qui puis-je dire : A ce soir!

Je tombe loin de vous, ô mes compagnons d'armes,
O mes jeunes amis, dont la franche gaîté
Sur l'ennui de mes jours répandait quelques charmes,
Et chassait les soucis de mon cœur agité!

Adieu, mon beau cheval! — dans mes rêves de gloire,
Je me voyais déjà sur ton dos souple et fort
Contre les bataillons, en un jour de victoire,
Chargeant, — et sous mon sabre au loin portant la mort!

J'espérais que le sort, à mes désirs propice,
Par un noble trépas m'honorerait alors...

Sans ami, sans parent, seul, au fond d'un hospice
Je meurs, — et mes dragons ne suivront pas mon corps!

Car ils sont tous partis de la terre où j'expire
Eux dont j'aimais à voir les escadrons, si beaux
Sous les casques de cuivre où le soleil se mire
Parmi les crins flottants noirs sur les blancs manteaux.

Femmes, que le ciel fit pour aimer, — être aimées.
O vous, mes beaux démons! dont les baisers de feu
M'ont fait des jours si doux, des nuits si parfumées...
Puisse jusques à vous parvenir mon adieu!

Adieu donc, gloire, amour, illusions chéries!
Beaux rêves qui jamais ne furent que néant!
Je croyais m'avancer vers des plaines fleuries....
Et je suis arrivé près d'un gouffre béant!

Ma sœur je t'attendais au rivage de France...
Est-ce, est-ce donc la mort qui seule doit venir?

Elle vient ; — Car je suis brisé par la souffrance....
J'espérais, cependant, bientôt nous réunir !

Adieu donc ! — sœur, adieu ! — Que le destin prospère
Autant que tu vivras accueille tous tes vœux ;
Console-toi.... je vais rejoindre notre père
Là-haut, où nous pourrons nous revoir tous les deux.

Hôpital de Béziers, 1839.

A ma Veilleuse.

Toi qui veilles, durant mes nuits,
Sur mes douleurs et mes ennuis,
O ma lampe, ta pâle et défaillante flamme
Semble être, en s'éteignant, l'image de mon ame;
Mais ce n'est qu'en jetant son éclat le plus beau,
Qu'elle s'affaisse et qu'elle expire...

Pour moi, membre ignoré du vulgaire troupeau,
Ainsi que j'ai vécu, je descends au tombeau; —

Car mon humble luth qui soupire
Quelques chants dans l'obscurité,
Ne vibrera jamais pour l'immortalité...
Et de mon impuissante épée
De mes doigts affaiblis avant l'heure échappée,
Il ne jaillira point dans le sombre avenir,
Un éclair qui pourra dorer mon souvenir.

Hôpital de Béziers, décembre 1839.

Espoir.

Le mal rongeait mes os comme un tigre sa proie,
Dans un coin, tristement, mon rôle s'achevait,
Et je sentais la mort se pencher avec joie
Et rire à mon chevet....

Voici qu'à mon oreille une voix douce et basse,
Murmure ces deux mots : — Espérance ! — Avenir!

Et sur mon front brûlant une hâleine qui passe
D'en haut semble venir.

Ange de charité, d'amour et d'innocence,
Sainte femme, est-ce vous que j'appelle ma sœur !
Est-ce vous qui priez la suprême puissance
Pour moi, pauvre pécheur?

Merci! — car lorsque tout m'abandonne sur terre
Vous seule préservez mon cœur du désespoir....
Mes yeux se sont éteints sous ma froide paupière;
J'ai cessé de vous voir;

Mais j'entends votre voix, — mais je sens votre haleine
Quand, vers moi vous penchant, vous me dites : priez !
Et mes douleurs alors se font sentir à peine...
Mes maux sont oubliés.

Hôpital de Béziers, 1839.

Convalescence.

Le muscat a déjà coulé dans le pressoir ;
Sous la lune qui plane,
La jeune Catalane
Aux refrains du hautbois ne danse plus le soir.
L'hiver pousse l'automne ;
Les feuilles tombent — et courent dans les guérets ;
L'œil n'aperçoit au loin que le vert monotone
Des pâles oliviers et des sombres cyprès.

Déjà les hautes Pyrennées
De neige se sont couronnées.
Le Canigou sur ces géants
Levant, au centre des orages,
Son large front battu des vents,
D'une ceinture de nuages
Entoure ses immenses flancs.

Divin flambeau du jour, bienfaisant météore,
Soleil! parais enfin à ma voix qui t'implore!
Viens! — pénètre mes os de toute la chaleur
Que l'hiver te permet encore,
Et réchauffe mon sang glacé par la douleur!

Béziers, 1839.

A bord du vaisseau l'Océan.

Quand, de la cale au pont, de l'avant à l'arrière,
J'examine en détail cette masse guerrière
Qui sous ses larges flancs semble écraser les flots,
Et porte dans son sein douze cents matelots;
Quand je vois ses agrès, sa mâture géante,
Et ses cent vingt canons à la gueule béante, —
Moi, je contemple alors avec un noble orgueil
Ces merveilles de l'art qui fatiguent mon œil

Par leur grandeur, leur nombre et leur magnificence;
Homme, j'admire l'homme en toute sa puissance. —
Mais, quand je jette ensuite un regard sur le port
Qu'agite et que tourmente en son fougueux transport
L'affreux mistral, ce vent qui souffle les tempêtes,
Et que je vois partout les mâts courbant leurs têtes
Au niveau de la mer sous mes pieds s'entr'ouvrant;
Alors, le cœur rempli d'une terreur profonde;
Tandis qu'autour de moi la vague écume et gronde,
Je dis : Dieu seul est grand!

Toulon, 22 mars 1840.

A ma Lyre.

Pourquoi tes cordes, ô ma lyre,
Sont-elles tristes sous mes doigts?
Pourquoi jamais un gai délire
Ne vient-il t'animer parfois?
Loin de nous la mélancolie :
J'ai trop souffert assez long-temps !
Aux gais refrains de la folie
O ma lyre, soyons constants.

Une brûlante rêverie
Me fatiguait, la nuit, le jour;
Car mon ame s'était nourrie
Du fol espoir d'un vain amour; —
Aimons toujours femme jolie
Mais ne l'aimons que peu de temps....
Aux gais refrains de la folie,
O ma lyre, soyons constants.

Adieu, sombres inquiétudes!
Et vous, adieu! vous que j'aimais,
Mélancoliques solitudes;
Loin de vous je fuis à jamais!...
C'est dans les bals que l'on oublie
Combien le cœur a de tourments....
Aux gais refrains de la folie
O ma lyre, soyons constants.

Non, — de mon ame trop aimante
Ne réveillons plus les désirs!
Pour fuir le mal qui me tourmente
Prenons la coupe des plaisirs.

Buvons, buvons jusqu'à la lie : —
La vie est dure — et n'a qu'un temps....
Aux gais refrains de la folie
O ma lyre! soyons constants!

Rions! chantons!.... mais, ô ma lyre!
Pourquoi t'arrêter brusquement?
La corde, hélas! gémit, soupire
Et vibre douloureusement.
Ah! je le vois! — de la folie
En vain nous essayons les chants ; —
Ce n'est qu'à la mélancolie
Que nous serons toujours constants.

1840.

Acrostiche.

J'ai vu l'amour, durant mes plus belles années,
Orner mon front de fleurs, hélas! bientôt fanées.
Si le ciel, tout d'abord, vers vous guidant mes pas,
Eût conduit dans ces lieux ma course vagabonde, —
Pour vous, mon cœur alors eût oublié le monde.
Habitué long-temps à changer comme l'onde,
Il eût, auprès de vous fixant son embarras,
Noyé tous ses désirs d'amoureuse inconstance,
Et dans vos regards seuls trouvé son existence.

1810.

A une jeune Créole.

J'aimerais à te voir,
Jeune fille créole,
Venir seule, le soir,
Auprès de moi t'asseoir,
Plus pensive et moins folle.

Qui ne serait jaloux
De ta bouche si fraîche,

Plus douce que n'est doux
Sous le ciel andaloux
Le duvet de la pêche?

Qui ne serait jaloux
De ta voix douce et tendre?
Les anges à genoux
Se mettraient, comme nous,
Devant toi pour l'entendre.

1840.

Amour.

Sentir toute son ame entraînée et ravie
Vers un objet charmant, doux rêve de la vie;
Sentir au fond du cœur comme un frissonnement
A la voix, au regard de cet objet charmant;
Se laisser tout aller à mille rêveries
Tristes presque toujours, et cependant chéries : —
Voilà ce que je sens depuis le soir fatal
Où je la vis entrer, belle et timide, au bal.

O nuit, nuit de bonheur ! — quand elle fut partie,
Mon ame demeura long-temps anéantie,
Et quand enfin chez moi je me fus retiré,
Je mis entre mes mains ma tête... et je pleurai.
Je voulus la revoir, braver encore sa vue,
Et ma tranquillité fut à jamais perdue.
Naguère, m'occupant de pénibles travaux,
M'aguerrissant au bruit des armes, des chevaux,
Je vivais sans amour, mais sans inquiétude;
Rien n'avait altéré ma douce quiétude,
Et je me contentais, au sort me confiant,
Du bonheur négatif d'un être insouciant.
Je disais : — Non jamais, jamais aucun sourire
Ne saura sur mes jours exercer son empire,
Et jamais une femme, en toute sa beauté,
Ne pourra rien sur moi, — rien sur ma volonté!

O toi, qui la première à mon ame endormie
Apportas tout à coup une ardente insomnie;
O toi, dont, nuit et jour, j'épelle le doux nom;
Tu seras — je le sens — mon ange ou mon démon!
Sitôt que devant moi je te vis apparaître
Un sentiment nouveau s'empara de mon être,
Me ravit ma gaîté, troubla mes jours, mes nuits;
Excepté près de toi, je n'éprouvai qu'ennuis,

Et te jurant tout bas éternelle constance,
Sur toi je reposai toute mon existence.
Te voici donc enfin! — Ah! depuis bien long-temps
Je t'attendais, rêvant tes yeux noirs, tes seize ans!
Avant que le destin ne l'offrît à ma vue,
Ton image en mon cœur était déjà prévue;
Aussi, quand près de moi, jeune fille, tu vins,
Je fus d'abord surpris — et puis je me souvins....
Je me souvins d'avoir, en mes jours de souffrance,
A mon ange gardien donné ta ressemblance.

Je te suivis ainsi que le fer suit l'aimant,
Et, créant pour tous deux un avenir charmant,
Je me dis: — Si le ciel me la donnait pour femme,
Je n'existerais plus alors que par son ame!
Avec quel soin, — avec quel doux souci ma main
Saura la garantir des pierres du chemin.
D'un vent trop rigoureux si l'haleine la touche,
Je prendrai dans mes mains ses pieds froids, et ma bouche
Fera renaître en eux une douce chaleur.
Elle sera mon tout, — ma vie et mon bonheur!
En lui donnant la fleur, je garderai l'épine.
Et tant que, par pitié, la clémence divine
Voudra bien nous laisser tous les deux ici-bas,

Jusqu'au dernier moment je soutiendrai ses pas,
Otant de devant eux tout ce qui gêne ou blesse,
Et soumettant toujours ma force à sa faiblesse.

1840.

Il est une fleur que je garde,
Que souvent je baise et regarde,
Toujours belle à mes yeux ravis
Quoique déjà bien desséchée : —
C'est une fleur qui, trop penchée,
De son bouquet s'est détachée
Le premier soir que je la vis.

1840.

A Madame la comtesse L. de M.

Qu'ils soient un souvenir ces vers que je vous laisse,
Madame, — mais d'abord daignez à leur faiblesse
Accorder, s'il se peut, indulgence et pardon,
En pensant que l'auteur n'est qu'un pauvre dragon
Sachant mieux manier le sabre que la plume.

Bientôt, si la guerre s'allume,
Si l'ennemi trop fier ose nous approcher,
Pour défendre la France il me faudra marcher,
Et peut-être qu'alors une balle brûlante,
Perçant de part en part ma poitrine sanglante,
Me renversera mort. — Vous, en lisant ces vers
Que moi, né comme vous loin par-delà les mers,
Je viens de réunir pour vous en faire hommage,
Hélas! rien que tout bas direz-vous : C'est dommage!

1841.

FIN.

Table des matières.

FIN DE LA TABLE.

www.ingramcontent.com/pod-product-compliance
Ingram Content Group UK Ltd.
Pitfield, Milton Keynes, MK11 3LW, UK
UKHW031907260826
14628UKWH00003B/1035